공양젖 한 홉

공양젖 한 홉

김동준 시집

불고문예

기도하러 가는 길은
시를 짓는 길이다
천연 인연을 이어 온 구비 진 산길을 걷고
삭발한 전나무 가로수 길을 걷고
어머니와 함께 복전암 비탈길을 걸으며
늘 낯설은
눈색이꽃, 호랑가시나무, 진눈깨비를 만나서
시를 짓는
기도하러 가는 길은
지난하고 뿌듯한 내 삶의 수행길이다

차례

제3부

제4부

■ **평설**

제1부

눈색이꽃

꽃에 녹지 않는 눈은 없지요

경칩 날 소복이 눈이 내렸어요
능가산 골짜기마다
불꽃처럼 피어오른 눈색이꽃
그 열기로 눈밭이 물크러졌지요
동안거 풀린 동백꽃망울도
가지가지 등짐 진 함박눈을 녹였고요
그렇게 하나 둘
물수제비뜨듯 잇달아 꽃들이 피어나다 보면
능가산 겨울풍경은 어느새
한조금처럼 저만치 물러나고
너나없이 흥겨워 꽃 타령하겠지요
그즈음
눈밭에 묻혀 있는 내소사 기와불사 내 소원도
봄꽃처럼 환하게 피어나겠지요

골담초 연등

부처님 오신 날이라고
바람은 온종일 무릎 펴고 느긋하게 쉬고 있다
꼭두새벽부터 동자승이 비질을 했는지
하늘은 군더더기 없이 말끔하다
거기 가득 오색 연꽃 피었다
화사한 연밭이다
연밭 틈틈이 쏟아지는 따사로운 햇살 아래
꽃잎 열어 기도를 읽는다
채울수록 그러모아 쥐는 주먹
아등바등 펴지 않으려 생긴 쓰라린 상처,
감싸기 위해 매단 기도
그 기도들이 밝힌 빛으로 남장사 절 마당이 환하다

골담초 가지마다 귤빛 연등을 달았다
수만 개 연등마다 내 기도를 매단다
비울수록 굼슬거워지는 주먹

활짝 편다

보광전 처마 밑이 환하다

산사나무 독경소리

금산사가 내어 준 마당 한쪽

앙상하게 늙은 공양보살

서릿바람 머리 이고 독경소리 낭랑하다

오경이면 귀 세워

미륵전서 들려오는 독경

꽃잎마다 구절구절 새기며

영근 소리 붉다

그렇게 계절은 수백 번 지나가고

도솔천 내원궁에 다다른

제법 잘 늙은 공양보살

제 몸에 품어 키운 직박구리 돌려보내고

애써 등뼈를 허물고 있다

수국꽃 삼매에 들다

가지마다 함박눈 듬뿍 머리 이고 소설이 왔다

한 켤레 가지런한 발자국

화엄의 불꽃 사그라진 단풍나무숲을 구비 돌아

문수사 섬돌 위 외로움을 짙게 깔았다

발자국이 잠시 목축이던 용지천 옆

맵시 아직 소담한

늙은 어미 젖꼭지 같이 마른 수국꽃

지난여름 뜨겁게 쓴 색과 향을 지우며

가부좌 틀고 삼매 들었다

고추바람 백척간두에 서서

언제 에일지 모를 꽃다발 다발들

매혹적인 색향 그 견고한 기억을

울컥울컥 토해낼 때마다

햇살 한 줌과 한 줌 사이에 눌려 바스러지는 비명

세속부터 이어 온 살뜰했던 꽃대

삭둑 자르고 싶었는지 모른다

수없이 지나는 갈림길 어귀마다

번번이 한 바가지씩 눈물로 닦아야 활짝 열리는

문수보살 오시는 길

그런 길인 줄도 모르고

문수전 맞배지붕너머 빛을 모두 탕진한 낮달도

한 소절 풍경소리에 귀 씻고 삼매 들었다

느티나무 경전

올해도 싱그럽게 경전을 펼쳤다
품어 키운 온갖 그늘 달여 지은 경전
그늘을 달일수록 더욱 푸른
비암사 아름찬 느티나무 일주문
문이 없다
허공에 길을 내어
일심으로 드는 문이기에
그늘 깊은 행자들
반야심경 한 구절씩 읊조리며
산문에 든다
천년동안 티끌 없이 그늘을 헹군 경전
올해도 더할 나위 없이 푸르름이 짙다

모과나무 기둥

거듭 육탈하여 겨우 뼈만 남은
구층암 모과나무 기둥
늙은 고승 같다
희미한 맥박마저 진즉 봉해 놓고
해묵은 허물 끌밋하게 벗겨 낸

무엇을 받치는 일 바라거니 모과나무 기둥만 같
아라
그 기둥이 받치는 일은
한 칸 누옥이 아니라 고승을 받치는 일이다
벗긴 자리마다 필생의 호흡으로 향낭 매달고
향기 가득 불어넣은

박주가리 꽃씨 깃털 세워 바람 타고 퍼져 갈 즈음
때맞춰 주렁주렁 맺은 모과 향낭도
고승 향낭도 무르익어

뱃대로 밴 화엄의 향기

구층암 빈 뜰 향기롭다

헛꽃 화두

더위 먹은 천성산 마루금을 떠메고 온

고단한 어깨

일주문 들어서니 가붓하다

새벽부터 무릎걸음으로 닦은 도량 청청하다

그 도량 같은 비구니의 민머리 꼭 닮은

파르스름한 산수국도

참꽃 가장자리서

기꺼이 수정 위해 미끼처럼 던져진 허꽃,

공양 올린 삼정각 뜰

삽살개 단잠을 물고 있는 사이

화석처럼 굳어진 이름을 헛꽃으로 법명 지은

비구니의 꾸벅이는 귓속

죽비소리 같은 매미소리

와락 연다

안적암 기웃대며 참꽃만 쫓은 가붓한 내 뒤통수

헛꽃 화두 하나

와락 문다

미황사 동백 불꽃

소소리바람 군데군데 이가 빠져 부는
미황사에서
바람과 몸 섞은 빗소리를 듣는다
밤도와 불던 비바람은
몰강스러운 발톱을 숨기고 있었나 보다
동백꽃송이 목덜미로 그 발톱 얹히더니
흐드러지게 부려졌다
응진당에 매달린 풍경
쩡쩡 얼음 갈라지는 소릴 내며
매서운 계절을 지나는 동안
저 홀로 무쇠라도 녹일 듯 지핀
뜨거운 불꽃 부려져
언 땅을 녹이나 보다

보슬보슬 부풀어 오른 땅을 딛고 맺힌
형형색색 꽃망울
일제히 포문을 연다

소신공양

황소바람 받아 낸 자국마다

달큼한 땅심 전해지네요

따사로운 햇살 바른 털켜 간지러워요

잎 진 자리에 얹혀

꺼멓게 말라붙은 딱지

이제 떨어지려나 봐요

기꺼이 비워 둔 소신공양

자리마다

맑은 수액 굽이치네요

그렇게 한겨울 꼬박 지새우면

새록새록 홍매화 꽃망울 돋아

통도사 금강계단 제단 위

꽃 공양 올려지겠지요

티눈

약지와 소지발가락 사이

이복형제 같은 눈이 생겼다

우묵한 구덩이 뿌리 깊게 박혀

툭 불거진 눈알

후비고 깎아 내도 봉긋이 솟아오른다

상원사 적멸보궁 가는 길

떼꾼한 눈알 굴릴 때마다

소스라치며 신발 속 울음소리 쩡쩡하다

상현달빛 고명처럼 얹힌 길섶

풀무치 떼 울음소리 염불처럼 쩡쩡하다

밝은 눈 하나 뜨기 위해

에움길 마다하지 않고 나설 때마다

눈뜨고 상을 맺지 못하는 망막에 갇혀

얼마나 눈알을 벗겨야 하나

사리물고 견뎌야 하나

맺힐 듯 맺혀지지 않는 상은

색깔 없는 꽃 그림자는 아닐지

한 꺼풀 벗긴 청맹과니

어둠을 얼핏 터준다

상원사 불빛 먼발치로 가물거린다

인드라망

물관을 모두 비운 가지마다
성에꽃 피었다
선암사 삼인당 옆 배롱나무
어느 시절 빙점 아래
서로 빛 비추고 되 비추며
이글이글 타다 꺼진 꽃자리
구슬방울 틔워 성에꽃 피운다
달걀못 어룽거리던 구름 일었다 흩어지는 동안
햇살에 잠시 몸 맡긴 성에꽃 흐무러져
줄줄 흘러내린다
수없는 전생에 걸쳐
거듭 몸 바꾼 성에꽃
품을 수 없다
투명한 영혼 같아서

제2부

복전암 비탈길을 오르며

나에게도 아득한

그 때 스물 셋 어머니 나이

곱디고운 손에 이끌려

아장아장 비탈길을 오른다

등 떼밀린 고사리 손이 징징댄다

순한 기도로 거른 거친 세월 득달같이 지나가고

손등 위 무심히 주름 깊은 손 이끌고

비척비척 비탈길을 오른다

쭈그렁이 손이 힘겹다

앞뜰엔 철쭉꽃 뒤뜰엔 모란꽃 덮은 송홧가루

새벽녘 가랑비가 슬쩍 흠치고 지나갔을 뿐인데

꽃빛깔 더욱 화사하다

제 살 내려 피운 저승꽃도

오색 연등에 묻혀 오늘따라 화사하다

복전암과 함께 절로 늙은

주지스님도 어머니도

꽃 사태 길을 딛는 고운 세발걸음

이제 손톱달만큼 남았다

공양젖 한 홉

젖이 돈다

메지구름 옷고름 풀어헤친다

바싹 타 들어가는 대지로

대못 치듯 내리 꽂히는 젖 줄기

벅찬 기운 목젖 깊이 적실 틈 없이

금세 잦아든다

겨우 얻은 공양젖 한 홉

그것은 뼈였구나

마른 물관 자작자작하게 적셔 주며

돌돌 말린 머위 잎을

비비 틀린 하늘나리 꽃대를 일으켜 세우는

단단한 정강이뼈였구나

휘모리장단에 잠시 입 맡긴 여름 한낮

단 젖 먹은 자리마다 훅 끼치는 젖 내음

비릿하다

아기동자꽃 그새 씨앗 한 톨 품는다

얼음 보시

단단한 살,

내리는 소리를 듣는다

다비의 불볕 쨍쨍한 염천

김씨네어물전 더위 먹은 좌판 위

한물가는 고등어를 위해

졸졸졸 살 내리고 있다

온몸에 느루 퍼지는 살 기운

물결무늬 등이 푸르다

허허바다를 가를 듯 지느러미가 곤추선다

단단함을 버리고

푸른 등을 위해 상이 없이 물로 돌아가는

무주상보시 수행하는 좌판에서

초로의 아들에게 한평생 보시하는

어머니의 허룩한 살,

내리는 소리를 듣는다

오체투지

금방이라도 소나기 내릴 모양이다

바리바리 등짐 진 한 무리

서둘러 절로 간다

내소사 꽃 그림자

아미타불 발치 향해 엉금엉금 기어 갈 때

한 섬씩 탁발한 무리들

이마로 땅바닥을 애면글면 지치며

굴속으로 줄지어 들어간다

내소사 섬돌 밑에는

이마로 문을 여는 포탈라궁 같은

그런 절이 있나 보다

코가 땅에 닿도록

제 몸보다 무거운 돌덩이 평생토록 짐을 지신

아버지도

그 곳으로 들어가셨나 보다

엄지손가락을 치올린다

땅을 잘못 짚어
엄지손가락 인대가 늘어났다
젓가락질 할 때마다
좀처럼 힘이 모아지질 않는다
손아귀 속 한 마디 숨긴 체
짧고 뭉뚝한 손가락
그 하나의 등에 업혀
길고 고른 손가락들 힘쓰고 있었구나

초하루 날이면
어머니는 매무시를 바로하고
맨 먼저 법당에 불을 밝힌다
어머니 기도는 버팀목이었다
길고 고른 여린 줄기 토닥토닥 다독이며
세상 높이 살갑게 추어올려 주는
그 기도한테
엄지손가락을 치올린다

달팽이 등에 업힌 따뜻한 삽화

내장사 가는 길
어머니는 아들의 알량한 주머니 사정을 헤아려
경로우대 된다며 무궁화호를 타자고 했다
모퉁이 돌 때마다
기차는 긴 여우 꼬리 드러내고
단풍든 가로수들만 철커덕 철커덕 뒷걸음질 친다
역마다 다리쉼하는 기차는
달팽이 등에 업힌 시간을 길게 늘린다
늘여진 시간만큼
오른쪽 입술 밑에 생긴 흉터 사연도
철없는 아이에게 빈 젖 물리던 사연도
철커덕 철커덕 풀어지고
젊은 어머니 기억 속에 따뜻하게 기록된
어린 아들의 사연 함께 밟는다
신태인역은 저만치 멀어지고
정읍역이 바로 턱밑인데

세월에 코 꿰어

끊길 듯 이어지는 어머니의 아슴푸레한 기억은

얼마쯤 남았을까

혼자 밟고 가야 할

달팽이 등에 업힌 삽화의 종착역은

호랑가시나무 눈물

맵시 한창 뽐내던 개심사 벚꽃 이울어

꽃비 내리면

호랑가시나무 초롱초롱한 꽃망울 향기가 찬다

눈물이 꽃망울을 밀어 올린다

배냇니처럼 맺힌 호랑가시나무 꽃망울

터지면

그렁그렁 맺힌 향내

울컥 쏟아진다

잎새마다 괭이 발톱 세운 가시 덮으며

고인 향내

순하게 펄펄 솟아

대웅보전 앞뜰 향기롭다

초롱초롱한 꽃망울에게

눈뜨지 못한 향내

북돋아 주며

팍팍한 가시밭길 딛고 흘린 아버지 눈물 같이

뜨거운 눈물 없이는 순한 향기도 없다

발우

양쪽 합쳐
족히 서너 되는 됐을 풍만한 발우
알맹이 털린 쭉정이처럼 가붓하다

어머니 골수 짜낸
안다미로 차고 진진한 젖,
물고
내 뼈 마디마디 굵어지고
그 덕으로 굳건히 바닥을 딛고
어머니는 설설 바닥을 기고

꿈결에 들어
어머니인 양 쥐어 본 아내의 발우
열 말 죄 공양하고
어머니 젖 진 자리처럼 가붓하다

아내의 슬하

사리처럼 야무지다

.

천지탑 굄돌

마이산으로 내딛은 꽃샘바람

살얼음 깔고 옅게 잠든 탐영제를 흔들어 깨운다

거기로 타박타박 걸어 들어간

말 귀 한 쌍

비늘구름을 괴고 있다

내일쯤 한차례 내릴 단비는

천길 벼랑 끝에 다다라 시름겨운 능소화 덩굴손

지네발처럼 활짝 펼쳐 주겠지

그 벼랑 아래 천지탑 우뚝 서있다

탑신 사이사이 자잘하게 채워진 굄돌들

비바람 쓰다듬으며 빈틈 메워 주었기에

내 몸도 그러했다

벼랑 끝으로 시름이 기울어질 때마다

부처님 향해 올리는 어머니의 간절한 기도

켜켜이 괴어져

천지탑처럼 우뚝 서있다

무릎베개

낮잠이 깊다

흙덩이와 땟국 두어 주먹으로 채운 무릎베개

단잠을 곤궁하게 괴고 있다

기와불사가 한창인 영국사 한구석

쨍쨍한 햇볕 이고 열두 폭 솔 그늘 드리운 그 아래

단꿈을 괴고 있다

등골 시린 박토에 심은 금쪽같은 종자들

무탈하게 건사해주는 단꿈을

사바세계 그 어디든

고달픈 몸 받쳐들고 잰걸음으로 걸어온 무릎베개

갈매기 자국 희미하다

꺾이지 않은 발목으로

버려진 길마다 찍어 놓은 헌신짝 자국은

그늘 밖으로 드러낸 굳은살 박인 뒤꿈치 같아서

생피처럼 뜨겁다

푸진 단잠 들고난 사이

머츰했던 삽차 으르렁대고

땀 절은 작업복 소금꽃 활짝 피었다

잠자리 툭툭 털며 기지개 켜니

탱탱하게 당겨지는 장딴지 근육

무릎베개가 불끈 떠받든다

다시래기

하필이면 그곳에 옹골차게 알을 슬었을까

뙤약볕 손톱 세워 후벼파는

상선바위 반 평도 안 되는 웅덩이에

빠글빠글 올챙이 떼 염소 똥 뿌린 듯 걸판지다

며칠 내 마른비라도 내리지 않는다면

물과 함께 사라질 올챙이 떼 중 당찬 놈은

여린 물갈퀴로 물결 차고 올라 달보드레한 흙냄새

를 맡겠지

설령 뭍으로 올라가더라도

물로 빚은 울음 주머니 평생 부풀리며 살겠지

거듭 해가 바뀌어도

한 말의 물이 웅덩이에 고인다면

망종쯤 여전히 알이 슬어 있겠지

삼우제날 복전암 담장으로

제법 흡족하게 넝쿨장미꽃 조화를 진열해 놓았다

백수를 코앞에 두고 운명하셨으니

가문 울음마저 말랐다

아들 손자 증손자까지

상제들만 삼십 여명 족히 되니

법당은 놀이마당이다

뒷산에선 다시래기 공연을 펼친 것처럼

제법 우렁찬 산개구리 울음소리

백 년 동안 디딘 적 없는 저승길 훤히 열어준다

옹골찬 울음소리 이제 막 금줄에 끼워진

고손자가 물려받은 이승길도

가위손 공양

마실미용실 문을 열고 들어서니

고분고분한 풍경소리

고달픈 세상살이 차분하게 가라앉힌다

비좁은 미용실은

백발이 성성한 할머니들로 늘 북적댄다

가시밭길에 심어 놓은 겨운 시름 지우며

지문마저 덩달아 모지라진 가위손,

공양을 받으려는 할머니들로 열 손도 모자란다

눈코 뜰 새 없는 와중

내 머리를 슥 훑고 지나가는 가위손

쓸데없는 시름처럼 웃자란 머리카락

시원스레 잘려나간다

젖은 머리 말리며 창밖을 보니

명지바람 공양으로

배냇니처럼 돋은 플라타너스 새싹들 풋풋하다

가위손 공양 받은 내 머리도 새싹 같다

절절한 기도

속세로 다가가려 산줄기 낮춘 갓바위

한 가지 소원 꼭 이루고픈 사람들로 정초부터 붐
빈다

북새통 속 비집고 백팔 배를 올린다

그때 도량 가득 차는 함박 울음

청소골 무겁게 건드리며 지나간다

비구니의 배꽃 같은 독경소리

솔솔바람에 실려 파계재를 넘는 동안

눈멀고 귀먹은 채로

약사여래불 향해 연신 조아리는 그녀의 눈물 공양
안쓰럽다

한 줄기 광배라도 그러쥐려고

되뇌는 단 두 마디 기도가 뼈저리다

남편을 살려주십시오, 자비를 베풀어 주십시오

희미해진 맥박 앞세우고

오직 한 가지 바람으로 올리는 절절한 기도 빌어

허접한 내 기도를 말끔히 사른다

그녀의 기도에 내 기도를 보탠다

그녀, 남편을 살려주십시오

약함을 활짝 열어주십시오

그리움이 고갤 든다

꽃무릇 꿀통 바닥난다

호박벌 날아간다

그리움의 씨앗 들어앉는다

두레박줄 길게 늘인 꽃대공

선운사 동백숲서 살고 있는 바람 한줄기

도솔천 껴안고 사분대는 햇살 한줌

조석으로 길어 나른다

토실토실 살 오른 씨앗 속

꽃의 전설 깊이 새긴다

마음 다 퍼 주고 짓무른 그리움 난작대다

서릿바람에 힘없이 무너진다

꽃 진 자리

시린 발 딛고 지핀 그리움

삐죽 고갤 든다

드높은 하늘 밀어 올린다

천자암 쌍향수

그 향기

눈발 속에서도 쾌 화하지요

달빛 한줌 스미지 않는 깊은 땅속

조갈 든 입술을 내밀며

숨결 맞닿는 곳까지 다가갔지요

얼기설기 깍지 꽉 끼운 채

단내 나는 숨결 나눠 마시며

먹먹한 가슴 시원스레 트이는 향기

뿌리 가득 쟁였지요

몸통 아름차게 굵어지고 향기 짙게 배기 위해

얼마나 험한 길 헤쳐 왔는지 아세요

울뚝불뚝 불거진 근육 한 번 만져 보세요

딱딱한 흙덩이와 큰 바위에 맞선 흔적

느껴지지 않으시나요

뿌리에서 퍼 올려진 향기는

용트림한 우리들의 숨결이지요

장맛비가 온다

유학사 뒤뜰에 고인 치자꽃향기

하여지로 흘러내리면

숲속으로

새끼두꺼비들 힘겨운 여정 여러 날 이어진다

대항할 수 없는, 휩쓸고 가는, 격정적인

장맛비가 들기 전까지

장맛비가 온다

물꼬를 튼다

두렁 안에 고인 물을 뺀다

물꼬를 튼다

가슴을 비운다

장맛비 같은 그대가 온다

달의 종자

조팝나무꽃 요요하게 빛나는 밤이었어요

목울대 기름기 뺀 소쩍새

담백하게 우는 밤이었어요

흥룡사 관음전 벼랑 위

대나무 살결 같은 자궁 속으로 밀고 들어간

달뜬 상현달

빈둥빈둥 뒹굴고 있어요

벌써 여러 날 째 그러더니

한없이 깊어진 자궁 속

빛 우물 생겼어요

소금쟁이 발길질에 물낯 잠깐 진저리 친 사이

목구멍까지 차 오른 빛줄기

밥물 넘치듯 천길 벼랑을 뛰어내렸어요

비산하는 달의 종자

대지로 스미어 헤살 치더니

달 아이 울음소리 환하게 들렸어요

제3부

묵언

며칠째 가만가만 발끝걸음으로 내린 길눈

마른 참나무 잎들 서걱대는 소리

재갈 물린다

계곡물 졸졸거리는 소리도

십여 리 수다스럽게 오르내리던

차 소리도 끊겼다

대승선원 방문마다 빗장 걸리고

쭉정이처럼 내뱉은 말들 까부르며

선승은 묵언 들었다

불이문에 턱 괴고 졸고 있는 누렁이도

바람벽 기댄 지팡이도 따분하다

함박눈 한 올 한 올로 짠 고요한 사바

뽀드득!

눈 밟는 소리조차 화들짝 놀라

까투리가 숲속을 날아오른다

고요할수록 마음자리 정갈하다

막막한 마음으로 잡은 화두 하나

두레우물처럼 깊어진다

윤필암 목탁소리

비구니의 목탁소리 웅숭깊다
죽은 살구나무 겨울을 세 번 나는 동안
살점 저며지고 등뼈 깎이며
겨우 상처만 남은 거죽
공덕산 사방사불 같다
아문 상처가 딱지를 만든다
사과만한 텅 빈 속 딱지들 수북이 들어앉는다
그 딱지를 뭉근하게 우려내면 소리가 된다
빗장 걸고 깊어진 차마 터뜨리지 못한 속울음
안다미로 차고 넘친다
이쯤이면 가슴앓이는 다 아물었나
눈썹 짙은 방년의 비구니
제 거죽인 양 목탁을 두드린다
품어 키운 소리 맑게 터진다
동살 쐰 목탁소리
먹물처럼 고인 연못을 깨운다
사방사불 부스스 눈을 뜬다

합장

종남산 걸린 새털구름

불에 덴 듯 낱낱이 달아오른다

송광사 연못 수 만 꽃망울

질컥대는 늪 속 발을 묻고 허우적거리며

모진 잠에서 깨어나 합장하고 서있다

아수라로 속에서 자그락거릴수록

바람은 불꽃으로 타오르며 벙글은 기도

벌겋게 핏발 선다

연꽃 향기 솔래솔래 풀어놓은 이곳

오늘은 법당이다

그 향기로 후해진 빈손

가슴 앞에 모으고

연꽃망울 따라 합장을 한다

죽장사 오층석탑

소나기 지나간 밤하늘
가없이 맑고 깊었다

달빛조차 없어 별빛만 익은
죽장사 뜨락에 나가
오층석탑 낚싯대 드리우고
하늘 반 별 반 인 별을 낚는다

알토란같은 별들
광주리 가득 쌓이고
낚싯대를 거둘 무렵
묵직한 월척이 들었다

팽팽한 줄다리기 끝에
서서히 모습을 드러내는
이지러진 하현달

묘연한 우주가 던져 놓은 미끼였다

내가
까마득한 하늘로 끌려 올라간다

입적

운주사 대웅전 앞뜰

불두화 가지마다 핀 성에꽃

아침 햇살 쬐더니 한나절만에 입적했다

제 몸에 간절한 손길 들여

솔래솔래 콧등 내리는 시간도 그러했다

거추장스럽던 콧등 고스란히 들어내면

고결한 얼굴도 지워져

그냥 뭉뚝한 돌이라 해도 별반 다르지 않다

자애롭던 눈빛도 흐려졌다

건강합격승진장수득남취업사랑행복 되새김질해

한줌씩 돌라준 축원 소리 빌려

등이 따뜻했을 중생들

천년 동안이 아침나절인 듯

콧등 거머잡고 총총히 살다 갔다

들레던 발자국소리 끊긴 거북바위를 도량 삼아

고즈넉이 구어박은 석불

더 내줄 콧등 없어 비로소 제 할일 마쳤다는 듯

홀가분하게 입적했다

기림사 꽃살문

석양빛 오롯이 품어 안은 꽃송이
화사한 색깔 말끔히 사르고
대적광전으로 소담히 드리운다
옹알이 같은 말 거품 걷어 낸
꽃 그림자
제 안의 소리 또렷이 듣는다
용연폭포서 길어 올린 어스름
색깔 없는 그림자마저 지운다

꽃살문 달고 기도를 올린다
덩두렷한 시월상달
일주문 안팎 두루 비추고
달빛 가피 업은 꽃 그림자
가붓하게 일주문을 나선다

반가사유상 그림자

유려한 선도 미혹의 형체도

모두 가라앉는다

빛이 슬어 놓은 바닥으로

한 번 가라앉으면 나올 수 없는

바닥은

거대한 사유의 감옥이다

한 꺼풀만 벗겨도 드러나는

원상의 발치에서

한 치도 뗄 수 없는 그림자

한없이 가라앉히며 드리운

반가사유상의 사유

광대무변한 밑바닥까지 두루 깊어진다

동안거

뽕잎 자국 푸르게 선명한

번지르르한 입술 틀어막는다

비단실 풀어

봉해야 열리는 무문의 방을 들인다

그 방에서

허물어지는 육신 곧추세우고

줄기 줄기로 뻗어 가는 삿된 마음

묵언으로 자른다

몇 생의 허물을 벗어야

꽃밭에 닿아 있는 문이 열리나

맑은 숨결 머금은 등운선원

눈발 속에 묻히고

범종루 밖 은행나무 동안거 들었다

고치 속 번데기도

업경 연못

뒷북친 비설거리 탓에
여우비 맞은 배롱나무 꽃잎 불티처럼 쏟아졌다
개심사 업경 연못으로

연못가 소담한 꽃 그림자
함께 몸을 섞는다
새새이 뭉게구름도

굶주린 시간 아등바등 늘려가며
모감주 염주같이 단단히 엮은 이승
오롯이 비춰졌다

졸음 겨운 꽃노을 상왕산 너머 뉘엿뉘엿 자릴 펴니
뭉게구름 풀어진다
차마 떨칠 수 없는
빛으로 빚은 물그림자도

업경 연못엔

구천을 떠도는 꽃잎들만 둥둥 떠있다

계절을 기억하지 못하는 꽃은 없다

금둔사에서
매화꽃이 새봄 알리는 타종 하더니
털갈이하듯
흥국사 온 산에
진달래꽃 피고
여름을 기억하는
곰배령에선
애기똥풀꽃 피고
산나리꽃 피고
민들레 꽃 무덤 속
내생을 기약 받은 까만 혼들
날개 펴고 날아갈 즈음
굳은 약조처럼 때 맞춰
봉정암 가는 길
서리꽃 활짝 피었다

풍경 소리 1

극락보전 허공에
집이 있다
지느러미 흔들며
물 없는 물속
나릿하게 유영하는 물고기 집,
곁에
셈들은 향기
오롯이 품은 향나무 기대어 있어
잔잔한 물결 살랑댈 때마다
은해사 경내로 퍼지는
향긋한 풍경소리

풍경 소리 2

바람을 보셨나요

형체 없는 바람을

바람을 보시려거든

진불암으로 가세요

그 곳에 가면

묵은 처마 끝에 매달려

물속 같은 절 마당 한가롭게 거니는 바람을

뎅.그.렁 뎅.그.랑 비추는

갈대 머리채를 잡아채는 바람

뎅경,뎅경,뎅경 비추는

오래된 풍경 하나 있지요

행여 놓치지 마세요

달빛 물결 일으키는 풍경소리에

마음 열고 있으면

가련봉 바위마저 풍장 시키는

바람의 알몸도 볼 수 있으니까요

제4부

푸른 숨결 뜸들이다

제 한 몸 송두리째 불태우려
불을 지핀다
이글이글 타오른다
푸른 숨결 끓어 넘친다
이때부터 불꽃 줄이고
뭉근하게 뜸 들인다
설익은 때깔 고슬고슬 퍼지며
자르르 윤기가 돈다
울긋불긋 찰진 내장사 단풍
저문 산을 밝힌다

진눈깨비

깨끗한 살 내리면
사리가 나오지요

밤도와 시나브로 내리던 이른 봄비
새벽녘 소복으로 갈아입네요
천은사 부도탑 옆 매화나무도

울툭불툭 붉은 힘줄 불거진 꽃망울 위
살처럼 엉겨 붙은 진눈깨비
동살이 잡히기가 무섭게 줄줄 흘러내리더니

젖니처럼 돋은
영롱한 사리들

방생

짐짓 지상에 비켜서 있는 모든 길로

내 발길을 풀어준다

산들바람이 이끄는 대로

발꿈치 땀 닦으며 뒤따르면

익룡 같은 발길 날개가 돋는다

조임끈 풀린 날개

산자락을 끌어당기며 날아오른다

활짝 펼친 날개 속으로

삼봉산 겨드랑이에 숨은 금봉암 안겨 오고

관음보살 안겨 오고

안겨 온

능선마다 바위를 동동 띄운 은산 철벽에서

메아리 흔적 지우며 길을 튼다

제게서 튼 길이

다시 제게로 돌아올 수 없는 길이라도

청미래 등불

아침나절부터 세차게 날리는 눈발

불태산을 손아귀로 움켜쥐고 놓을 줄 모른다

나옹암지는 어디 있나

폐사지로 가는 길은 끊어지고

눈들만 사락사락 제 길을 가는데

어둑한 눈 꿰지르는 시린 빛

마디마디 손톱 세워 공들여 쌓은 성채도

얼기설기 얽은 연줄도

눈밭에 묻고

길잡이를 훤하게 밝힌 청미래 등불

한치 앞도 보이지 않는

"더 나갈 수 없는 길에서 한 걸음 더 내디디"라며

정정한 울음 우는 눈발 도량으로 길을 연다

* 나옹선사 참선시 중에서

망경삼거리

삭발한 전나무 가로수 길이 아스라한

소실점 끝까지 가면 망경삼거리에 이른다

밤 마실 나와

그 주변을 마냥 죽치고 있는 안개는

정연한 일상을 단숨에 허물어뜨리며

불명한 이정표를 재우고

잠재워진 길 위로

가끔씩 잠꼬대하듯 자동차가 질주한다

내 삶의 먼 여행길은

수없이 마주치는

어느 낯선 교차로를 지나는 길일까

실낱같은 삶을 선도하는 나뭇잎들

추진 대지 위에 눕고

허룩해진 망경뜰마저 안개 덮고 나비잠 든 사이

계절은 등을 돌려 막 교차로를 지나가고

길 놓은 나는 나른한 권태가 피어오른

한적한 삼거리 주변을 서성이며

하릴없이 죽치고 있다

안개가 걷힐 때까지

망해사로 가는 702번 지방도로가 깨어날 때까지

바람의 거소

진불암 억새밭을 관통하는 여울목
바람의 뼈 추려내어 집 한 채 짓는다
팔랑개비처럼 바람을 문다
제자리를 지우며 본적 없이 넘실대는
타클라마칸 모래언덕을
득달같이 사라진 이승 벗어 놓은
시린하오터 초원을
스쳐 온
바람의 잔등 타고 따라가면
모래로 풀로 현현한 전생이 보인다
바람이 잦는다
강진만 물이랑마다 깃든 달빛도 잦는다
가련봉 바위 틈새 내린 굵은 솔뿌리라 믿은 이승
까무룩하게 잦아진다

무릎 꺾은 자리가 종점이다

버스 문이 열리자
어깨를 허물고 나온 승객들
이슥한 고샅길로 총총히 사라졌다
이 막차를 끝으로
달빛으로 허기를 달랜 버스는
누처럼 선 채로 잠이 들었다
초원 같은 정류장 홀로 늘인 그림자
향일암까지 가야 하는데
여기가 종점인가
내일에 걸린 저주
풀어 줄 주문 없는 하루하루가 종점이 아닌가
접시꽃대 꺾인 자리서 접시꽃 피듯
그래 무릎 꺾은 자리서 오늘은 발을 묻자
짱짱하게 묶은 신발 끈을 푼다
노곤한 잠은 파도에 실려 밤새 향일암을 향해 가고
내일은 돌산대교를 건너지 못할지도 모른다

이정표

이 골 저 골서 흘러내린 바람 북적대는 달궁

이정표 서있다

수척한 초승달 서둘러 서쪽하늘로 눕고

수초처럼 흔들리는 불빛 따라 눈먼 길을 간다

밤이 깊을수록

맑은 별 하나 이정표 앞서가며 길을 연다

돌고개부터 자맥질하듯 내려오는 자동차 불빛

어둠을 깊게 가르며 내 앞을 스쳐 간다

잠시 환한 장막에 갇혀

문득 개안이란

볼 수 없던 세상을 새로 보는 것이 아니라

보인 세상을 말끔히 지우는 것이라고 생각한다

성삼재를 지나 호젓한 발자국만 끌고 온 산길

일주문 옆 부도전에 묻히고

곧바로 천은제 물안개 속에 묻힌다

거기 부르튼 뒤꿈치도 묻는다

이정표가 일러준 길이 끝나는 곳

개안하듯 이정표를 세운다

야수불침 부적

사람들은 부적을 지니고 다니지요

휩쓸리고 타오르고 무너지는

흉흉한 세상으로부터

액을 물리치기 위해

삼재예방부 사마제압부 병부

다양한 부적들을

처방전처럼 속옷 속이나 지갑 속에

은밀히 지니고 다니지요

오늘은 산에 들어

개구리나 뱀에게

야수불침부적 하나씩 붙여 줘야겠어요

몸에 좋다면 닥치는 대로 잡아먹는

흉측한 인간을 막아 준다는

관음의 손길

청명 지나자 어깃장 놓던 바람 다소곳해졌다

그런 바람에 화답이라도 하듯

산자락마다 진달래꽃망울 간드러지게 몸을 푸는

정취암 가는 길

첫 쪽부터 차근하게 읽어 간다

까마득한 벼랑에 걸터앉은 암자도

돌담 아래로 굽어보는 굽이진 산길도

천년을 이어 온 인연 같다

귀한 인연들 속 나도 묻어

원통보전 문을 여니

앞뜰 가득 고인 풍경소리 흥건히 쏟아져 들어간다

곰삭은 바람소리도

그윽한 소리와 섞인

애면글면 무릎마디가 꺾는 미욱한 음색

관음의 손길 다독이신다

마른 억새 줄기 같은 기도 속으로

다소곳이 물이 오르고

꽃망울처럼 봉긋이 부푼 음색

간드러지게 소릴 낸다

■ 평설

구도求道의 수행, 공존의 미학

이덕주 시인

김동준 시인의 시집, 『공양젖 한 줌』은 시인이 시적 대상이 된 사찰과 암자 등 불교유적지를 탐방하는 구도자적 수행일지며 그 시적 대상들에게 동감의식과 연민을 보내는 아주 특별한 연서로 꾸며졌다.

시인의 지극한 불심은 어떤 대상에게도 자기를 공유하게 하며 자신 역시 그 대상을 끌어안는다. 이처럼 시인은 자타, 유무, 선악 등 대립적 관념을 없애고 대상과 하나가 되기 위해 자기를 무화시키려 한다. 그곳은 시인이 시간과 공간마저 녹여내며 대상을 동시에 아우르는, 또 하나의 자신과 대면하는 장소다. 그곳은 자신의 사상과 통찰을 형상화한 미학적 공간이 되기도 한다.

그 때문인가? 시편의 어느 곳을 펼쳐도 시인이 대상에 스며드는 수행의 면모와 함께 그에 따른 연기적 사유가 유장하게 흘러가며 불교적 자장을 이룬다. 그 또한 대상이 된 수많은 사찰들을 다르게 보면서도 불심은 하나라는 웅숭깊은 '깨우침'에 대한 시적 전언이다. 즉 일즉다一卽多 다즉일多卽一이라는 불교적 성찰에 대해 시인은 자신만의 언어로 시적 충만함을 풀어놓고 특정한 시적 의식을 거행하려 한다. 그 혼자만의 자성을 확인하는 의식을 위해 시인은 거듭거듭 자신을 독려한다.

2.

시인은 사찰, 암자 등 대상들과 함께 생을 관조하며 생성과 소멸을 아우르고 시간을 초월하는 실상을 보여주려 한다. 또한 자신이 지칭한 공간에게 친밀감을 주며 현장감 있게 대상에 스며들어 대상과 전혀 걸림 없이 화합하고 하나가 되려 한다.

물관을 모두 비운 가지마다

성에꽃 피었다

선암사 삼인당 옆 배롱나무

어느 시절 빙점 아래

서로 빛 비추고 되비추며

이글이글 타다 꺼진 꽃자리

구슬방울 틔워 성에꽃 피운다

달걀못 어룽거리던 구름 일었다 흩어지는 동안

햇살에 잠시 몸 맡긴 성에꽃 흐무러져

줄줄 흘러내린다

수없는 전생에 걸쳐

거듭 몸 바꾼 성에꽃

품을 수 없다

투명한 영혼 같아서

　　　　　　　　　　— 「인드라망」 전문

　시인은 자신의 시집, 구도자적 행로에서 내소사. 남장사, 금산
사, 문수사, 비암사, 구층암, 안적암, 미황사, 통도사, 상원사를 거
쳐 선암사에 도착했다. 처처불상處處佛像 사사불공事事佛供이라고
하듯 이르는 곳마다 "반야심경 한 구절씩 읊조리고 산문에"(「느티
나무 경전」) 들었을 것이다. 그 과정은 불교의 연기설로 보면 시인
에게 필연적인 수행의 경로이다.

　시인의 화자는 선암사 경내에 있는 "삼인당 옆 배롱나무"의 가
지마다 피어난 '성에꽃'을 본다. 화자의 예민한 시선에 잡힌 서리
로 피어오른 '성에꽃'은 "어느 시절 빙점 아래/ 서로 빛 비추고 되
비추며" 피어난 꽃이다. 쌍조雙照하는 '성에꽃'을 보며 감각적으로
'서로를 포함하고 서로에게 포함되어 있는' '인드라망'을 떠올린
다. 저 작은 '성에꽃'이 꽃으로 보이기 위해 수많은 인연이 쌓이고
흩어지는 과정을 상상하며 '성에꽃'을 유추해낸 것이다.

　'성에꽃'은 햇살에 잠시 위용을 드러내지만 자신을 빛나게 했던
그 햇살로 인해 제 몸은 다시 흐무러져야 한다. '성에꽃'이 생성되
기 이전인 처음으로 되돌아가야 한다. 그 또한 '인드라망'처럼 순
간적으로 집결되었다고 산화되는 자연의 순리를 벗어날 수 없다.

이처럼 화자는 '성에꽃'이 드러내는 "수없는 전생에 걸쳐/ 거듭 몸 바꾼 성에꽃"의 생성과 소멸 속에서 모든 존재가 저 '성에꽃'의 한 생과 다름없음을 발견한다. '성에꽃'은 '인드라망'을 상징하며 그 축소판임을 환기하는 것이다.

화자는 끝내 성에꽃을 "품을 수 없다/ 투명한 영혼 같아서"라고 결론을 내린다. 성에꽃을 품을 수 없는 이유가 '투명한 영혼' 같기 때문이라는 결언. 성에꽃에서 영혼을 연상하고 그 영혼에 애증을 보이는 것이다. 부정을 하며 동시에 긍정으로 방향을 전변시키는 이 문면은 시인 스스로 투명한 영혼을 지니고 있기 때문에 가능했을 것이라는 생각마저 들게 한다. 그만큼 시인이 설정한 '인드라망'은 자신까지 "서로 빛 비추고 되 비추"며 세상과 공존하고 있다고 할 수 있다.

이 또한 한없는 애증이 점철된 경지에서 보여주는 일말의 간절한 희원이며 세상을 온정으로 보려는 자신에 대한 적극적인 긍정이다.

젖이 돈다
메지구름 옷고름 풀어헤친다
바싹 타 들어가는 대지로
대못 치듯 내리 꽂히는 젖 줄기
벅찬 기운 목젖 깊이 적실 틈 없이
금세 잦아든다
겨우 얻은 공양젖 한 홉

그것은 뼈였구나

마른 물관 자작자작하게 적셔 주며

돌돌 말린 머위 잎을

비비 틀린 하늘나리 꽃대를 일으켜 세우는

단단한 정강이뼈였구나

휘모리장단에 잠시 입 맡긴 여름 한낮

단 젖 먹은 자리마다 훅 끼치는 젖 내음

비릿하다

아기동자꽃 그새 씨앗 한 톨 품는다

—「공양젖 한 홉」 전문

　가뭄이 계속되는 대지, 비를 기다리고 있으나 비는 내리지 않는
다. 대지 위에 뿌리를 내린 식물들은 잠시 이동조차 할 수 없는 천
형을 견디고 비가 내리기를 학수고대하며 제 자리를 지켜야만 한
다. 갈증을 일으키며 하늘 향해 고개를 들어보지만 여름 한낮의 태
양의 힘에 의해 고개마저 힘이 없어 내려뜨려야 한다. 가뭄에 그 누
구도 어쩔 수 없이 의지가 꺾여 있는 "타 들어가는 대지"이다.

　시인의 화자는 동감의식을 가지고 "타 들어가는 대지"에 서있
는 식물들의 고통을 자신의 고통으로 수용하며 연민의 시선으로
식물들을 바라본다. 동병상련의 마음뿐이다.

　그 순간, 잠시 비가 내린다. 그 비에 의해 화자의 눈에 비친 상
황은 전변된다. 눈앞에 전개되는 작은 변화를 놓치지 않으려는 예

민한 촉수에 의해 비가 내리는 그 순간은 환희의 시간으로 돌변한다. 그 바람에 "대못 치듯 내리 꽂히는" 비가 '젖 줄기'가 되고 잠시 내렸다가 그치며 대지에게 "겨우 얻은 공양젖 한 홉"이 된다.

그 '공양젖 한 홉'은 가뭄에 의해 쓰러지기 일 보 직전인 "하늘나리 꽃대를 일으켜 세우는/ 단단한 정강이뼈"이었음을 화자는 동시에 감지한다. '공양젖 한 홉'에 의해 다시 '하늘나리'는 자신의 꽃대를 '단단한 정강이뼈'로 일으켜 세우며 "단 젖 먹은 자리마다 훅 끼치는 젖 내음"과 함께 하나의 온전한 생명으로 저마다 존재하고 있음을 감득한 것이다.

'공양젖 한 홉'을 마신 그 짧은 순간에도 "아기동자꽃 그새 씨앗 한 톨 품는" 상상을 할 수 있는 것은 저 작은 존재를 다시 하나의 생명으로 연속시키기 위해 긍정적인 면까지 상상의 깊이가 닿아 있다고 할 수 있다. 이 문면은 시인이 시적 대상을 형상화할 때 현미경의 눈으로 자신의 심안을 어디까지 확장시키는지 인지하게 해준다.

시인 스스로 자신도 자연의 한 부분으로 수용하기 때문에 이 시를 쓸 수 있었다고 할 수 있다. 여름 한낮의 비는 '머위'와 '하늘나리'와 '아기동자꽃'의 생명의 젖줄이며 '공양젖 한 홉'이 된다. 마치 부처님이 6년간의 고행 끝에 수자타가 공양을 올린 '유미죽'으로 기력을 회복하고 성도를 이루었듯이 '공양젖 한 홉'은 생명이 품는 우주의 정화 같은 역할을 한다. 이처럼 '머위'와 '하늘나리'와 '아기동자꽃'은 그만큼 「공양젖 한 홉」의 중요한 시적주체로 작용한다.

이 시는 시인이 자아라는 입장을 떠나 초월의 경지에서 깊은 통찰과 함께 대상과 공존하려는 안목에 의해 탄생되었다고 할 수 있다. 상상을 부풀리며 시적 흐름에 의해 '공양젖 한 홉'을 다의적으로 해석하게 하는 것이다.

땅을 잘못 짚어
엄지손가락 인대가 늘어났다
젓가락질 할 때마다
좀처럼 힘이 모아지질 않는다
손아귀 속 한 마디 숨긴 체
짧고 뭉뚝한 손가락
그 하나의 등에 업혀
길고 고른 손가락들 힘쓰고 있었구나

초하루 날이면
어머니는 매무시를 바로하고
맨 먼저 법당에 불을 밝힌다
어머니 기도는 버팀목이었다
길고 고른 여린 줄기 토닥토닥 다독이며
세상 높이 살갑게 추어올려 주는
그 기도한테
엄지손가락을 치올린다

　　　　　　　　　　　　　—「엄지손가락을 치올린다」 전문

예기치 못한 사고로 엄지손가락을 쓸 수 없게 된 화자는 엄지손가락의 중요성을 새삼 깨닫는다. 사고가 없었다면 아무렇지도 않게 전혀 의식조차 하지 못했을 엄지손가락이다. 화자는 엄지손가락을 쓸 수 없어 겪게 되는 그 불편함 속에서 "짧고 뭉뚝한 손가락"이 "하나의 등에 업혀"있음을 새삼 발견해낸다. "길고 고른 손가락들 힘쓰고 있었"던 것도 이와 마찬가지임을 거듭 새로운 사실로 확인한다.

엄지손가락의 중요성을 절감하며 화자는 가족을 위해 초하루가 되면 지극정성으로 법당에서 기도에 전념하는 자신의 어머니를 환기한다. 평상시 어머니가 얼마나 소중하고 귀한 존재였는지 비로소 인지한다. 그 누구보다 자신이 "맨 먼저 법당에 불을 밝"혀야만 자신의 정성이 통한다고 여기는 어머니다. 가족을 위해 어떤 고통도 감내하는 어머니, "어머니의 기도는 버팀목이었다"는 화자의 전언은 그래서 어머니와 화자에게 동시에 '버팀목'이라는 지지대로 격상되게 한다.

"내 뼈 마디마디 굵어지고/ 그 덕으로 굳건히 바닥을 딛고/ 어머니는 설설 바닥을 기"(「발우」)었다고 표현하듯 어머니는 시인에게 희생과 헌신이 무한 리필 되는 존재다. 시인은 자신이 지금까지 성장하고 지금의 자신을 존재하게 한 어머니에 대해 달리 그 감사함을 표현할 길이 없다.

어머니는 드러내어 도움을 주는 존재가 아니다. "비바람 쓰다듬으며 빈틈 메워 주"(「천지탑 굄돌」)는 굄돌 같은, 겉으로 드러내지 않으면서 속으로 자식을 위해 헌신하는 '버팀목'이다. 시인과 시

인의 어머니에게 '기도'는 삶의 구심점이며 온전한 희망, 그 자체
이다. 시인이 할 수 있는 일은 다만 "그 기도한테/ 엄지손가락을
치올린다"는 행위로써 시적 위안을 삼을 뿐이다.

3.

시인은 자신의 시를 통해 자신이 이동하고 존재하는 자리마다
절대긍정을 표명하며 상생의 의지를 드러내려 한다. 시적 대상을
동질감으로 끌어안으며 대상의 깊이에 천착하려 한다. 자신이 시
적 표적으로 삼은 아주 미세한 대상들에게도 애정을 보이며 그들
과 동감의식을 공유하려 한다.

뽕잎 자국 푸르게 선명한

번지르르한 입술 틀어막는다

비단실 풀어

봉해야 열리는 무문의 방을 들인다

그 방에서

허물어지는 육신 곧추세우고

줄기 줄기로 뻗어 가는 삿된 마음

묵언으로 자른다

몇 생의 허물을 벗어야

꽃밭에 닿아 있는 문이 열리나

맑은 숨결 머금은 등운선원

눈발 속에 묻히고
범종루 밖 은행나무 동안거 들었다
고치 속 번데기도

—「동안거」 전문

등운선원은 충남 금산군 남이면의 천년고찰 보석사에 있는 선
원이다. 규모는 크지 않으나 한때 31교구 본산의 하나로 전북 일
원의 사찰을 통괄하기도 하였다. 보석사 범종루 밖 가까이에 있
는 둘레가 11m인 천년된 은행나무는 천연기념물 제365호로 은
행나무의 영험을 얻기 위해서도 보석사 방문객이 끊이지 않는다
고 한다.

시인은 음력 10월 16일부터 이듬해 정월 15일 '동안거冬安居' 기
간인 겨울철에 보석사에 있는 뽕나무 누에고치를 발견하고 등운
선원의 수좌들이 모두 '동안거'에 든 것과 다름없다고 비유한다.
수좌들이 구름 위를 오르는 등운登雲의 의미와 "고치 속 번데기"
의 우화는 한 단계 생을 향상시키기 위한 향상일로의 동일한 수행
이라고 본 것이다. 천년된 은행나무 역시 겨울에 서있는 모습이
다시 한 해를 거듭나기 위해 저들과 마찬가지로 "허물어지는 육신
곧추세우"며 '동안거'에 들었다고 본다. 이 또한 화자가 된 시인의
안목이 "몇 생의 허물을 벗어야" 부처가 될 수 있는지 개안의 시
선으로 대상들을 볼 수 있기에 도달하는 경지라고 할 수 있다.

따라서 천년된 은행나무가 '동안거'에 든다는 것, 그들 유정물,

모두가 불성이 있다고 보는 시인의 안목에서 비롯된다. 무문혜개(無門慧開,1183~)가 말하는 '무문관無門關' 수행을 하며 깨달음을 얻기 위해, 깨달음의 보임을 위해, 어쩌면 시인 스스로 '동안거'를 희망하고 있다는 발원의 심사마저 엿보게 한다. 이 또한 자기존재에 대한 확신을 갖기 위한 또 하나의 방편일 것이다.

　　얼기설기 얽은 연줄도
　　눈밭에 묻고
　　길잡이를 훤하게 밝힌 청미래 등불
　　"더 나갈 수 없는 길에서 한 걸음 더 내디디"*라며
　　정정한 울음 우는 눈밭 도량으로 길을 연다

　　* 나옹선사 참선시 중에서

—「청미래 등불」 전문

　"뒤도 옆도 보지말고 오직 앞으로만 가라/ 더 나갈 수 없는 길에서 한 걸음 더 내디딜 때/ 정녕코 일체 일이 없을 것이며/ 가시덤풀 속에서도 팔을 저으며 지날 것이다"라는 고려 말 나옹선사(1320~1376)의 참선시 중에서 시인은 부분적으로 한 구절을 인용하였다. 송나라 석상선사(石霜楚圓, 986~1039)가 "백 척이나 되는 대나무 끝에서 한발 더 나가야 한다.(백척간두진일보百尺竿頭進一步)"가 하듯이 화자는 "정정한 울음 우는 눈밭 도량으로 길을 연다"고

정진을 반복하며 앞으로 나가려 한다.

　이처럼 시인은 세속의 인연을 털어내고 그 무엇에도 얽매이지 않게 '청미래 등불'이 되어 중생들의 앞길을 열어주는 역할을 자임하려 한다. 깨달음을 향한 지극정성이 어디에 닿는지 엿보게 한다.

> 풀어 줄 주문 없는 하루하루가 종점이 아닌가
> 접시꽃대 꺾인 자리서 접시꽃 피듯
> 그래 무릎 꺾은 자리서 오늘은 발을 묻자
> 짱짱하게 묶은 신발 끈을 푼다.

　　　　　　　　　—「무릎 꺾은 자리가 종점이다」부분

　삶은 목적지를 향해 가는 과정이다. 그 도정 중 앞으로 나갈 수 없을 만큼 힘이 미치지 못한다면 쉬어야 한다. 무리를 하면 더 큰 일을 할 수가 없다. 그냥 주저앉을 수는 없다. 화자가 말하듯 삶의 연장선에서 보면 "하루하루가 종점이"고 다시 하루가 시작되면 그 하루를 출발해야 한다.

　모든 것은 한계가 있다. 그 한계 안에서 또한 자신의 한계를 지켜야 한다. "그래 무릎 꺾은 자리서 오늘은 발을 묻자"라는 화자의 토로는 그 때문에 포기가 아니다. "접시꽃대 꺾인 자리서 접시꽃 피듯" 재생과 거듭되는 회생의 의미를 함유한다.

　"이정표가 일러준 길이 끝나는 곳/ 개안하듯 이정표를 세운다"

(「이정표」)며 화자는 종점이 없다고 말하려 한다. 새로운 한계를 만들고 그 한계를 벗어나고 도전하고 응전하고 다시 시작하며 살아나가야 한다. 그 또한 시인의 운명이며 천형이라고 해야겠다.

까마득한 벼랑에 걸터앉은 암자도
돌담 아래로 굽어보는 굽이진 산길도
천년을 이어 온 인연 같다
귀한 인연들 속 나도 묻어
원통보전 문을 여니
앞뜰 가득 고인 풍경소리 흥건히 쏟아져 들어간다

― 「관음의 손길」 부분

시인은 자신이 "까마득한 벼랑에 걸터앉은 암자"를 찾아가는 구도와 수행의 길이 "천년을 이어 온 인연 같다"고 전언한다. 그 인연에 의해 화자는 끊임없이 구도의 행로를 계속한다. "타클라마칸 모래언덕을/ 득달같이 사라진 이승 벗어 놓은" "모래로 풀로 현현한 전생이 보인다"(「바람의 기소」)고 하듯이 그는 환생하는 라마승의 수도승처럼 '귀한 인연들' 속에 자청하듯 구도승의 길로 빠져들었는지도 모른다.

시인의 전생은 과연 무엇이었을까? 알 수 없지만 전생에 아마도 불가와 깊은 인연을 맺었을 것 같은 상상을 하게 한다. 그 때문

인지 "앞뜰 가득 고인 풍경소리 흥건히 쏟아져 들어"가며 풍경과 하나가 된 시인의 모습이 언뜻 선연해진다.

4.

김동준 시인은 이번 시집을 통해 시적 대상마다 자신이 화합하여 하나가 되려는 공유미학을 창출한다. 즉 불교와 연관 맺는 대상마다 긍정과 함께 대상을 공존의 영역에 편입시키려는 노력을 그치지 않는다. 비록 여기 평설에 예시하지 않았지만 시집의 시편들이 전개하는 시인의 존재론적 성찰의 장면들이 이를 잘 대변한다.

그는 자서에서 "늘 낯설은/ 눈색이꽃, 호랑가시나무, 진눈깨비를 만나서/ 시를 짓는/ 기도하러 가는 길은/ 지난하고 뿌듯한 내 삶의 수행길이"라고 자신의 심경을 그대로 토로했다. '늘 낯설은'의 의미는 그가 새로운 시안을 갖고 익숙한 대상도 새로운 관점으로 보기 위해 대상을 다른 차원으로 보려고 했다는 뜻이라고 할 수 있다. 그만큼 시인의 트인 안목이 돋보이는 작품들로 시집을 빛내고 있는 것이다. 이 또한 시인이 대상을 분별하지 않고 이타적인 하심을 지니고 있기에 가능한 시적행위이다.

그는 어쩌면 자신이 찾아가는 수많은 사찰 등 그들 시적 대상들에게서 자신의 모습을 더 많이 발견한 시인이라는 생각이 든다. 그는 그곳에서 대상에게 신뢰를 보내고 자신의 진면목을 확인하기 위해 그 수많은 대상들과 시공을 초월한 융화를 마다하지 않앉을 것이다. 그 때문에 그는 시를 통해 독자들에게 심층적으로 성찰의 경지에 이르게 안내역할을 자청했으리라는 생각마저 하게 한다. "제게서 튼 길이/ 다시 제게로 돌아올 수 없는 길이라도"(「방생」) 그는 그 역할수행을 앞으로도 계속 해나갈 것이라는 예감이 든다.

김동준 시인이 궁극적으로 희원하는 세계도 존재의 본질을 통찰하며 모두가 화합하는 공존의 세계일 것이다. 그가 앞으로 시를 통해 내리는 시적 기원도 이처럼 원융무애한 공존의 미학으로 연결되리라는 예단을 해본다. 그의 앞길은 분명 큰 깨달음의 길로 도약하는 아름다운 상생이 될 것이다.

불교문예 시인선 • 024

공양젖 한 홉

©김동준, 2018, Printed in Seoul, Korea

초판 1쇄 인쇄 | 2018년 05월 16일
초판 1쇄 발행 | 2018년 05월 22일

지 은 이 | 김동준
펴 낸 이 | 문혜관
편 집 인 | 채 들
펴 낸 곳 | 불교문예출판부

등록번호 | 제312-2005-000016호(2005년 6월 27일)
주   소 | 13656 서울시 서대문구 가좌로 2길 50
전   화 | 02) 308-9520
이 메 일 | bulmoonye@hanmail.net

ISBN : 978-89-97276-30-1 (08310)

이 도서의 국립중앙도서관 출판예정도서목록(CIP)은 서지정보유통지원시스템 홈
페이지(http://seoji.nl.go.kr)와 국가자료공동목록시스템(http://www.nl.go.kr/
kolisnet)에서 이용하실 수 있습니다.(CIP제어번호: CIP2018014749)